# 原爆詩集

峠三吉 著
劉怡臻 馮啓斌 譯
李文茹 監譯

——獻給一九四五年八月六日在廣島，九日在長崎，被投下的原子彈奪去性命的人、直到現在仍持續被死的恐怖與苦痛折磨的人、在活著時無法抹去鬱悶和悲傷的人、以及全世界憎恨原子彈的人們。

# 目次

＊為盡可能保留原文文意，本書將維持原文標點符號用法；此外，作者於詩中常以漢字、平假名與片假名表現特定語彙，於本書中則會採用標楷體（平假名）、粗體（片假名）與之對應。

峠三吉《原爆詩集》正體中文版推薦序

# 跨越對立與分斷的詩的想像力

文／川口隆行（廣島大學人文社會科學研究科教授）

峠三吉的《原爆詩集》至今在日本仍是一本廣為人知的詩集。峠於一九五三年逝世，今年正好是他逝世七十週年。這本詩集於一九五一年九月在廣島出版，最初只是一本收錄二十篇詩作、僅印行五百本的詩集，卻在出版後引起廣泛討論與共鳴，因此，隔年的一九五二年，由東京的出版社追加五篇詩作後重新出版。本次的正體中文版便依據一九五二年的版本翻譯。

一九四五年八月六日，廣島遭原子彈化為灰燼。其後以美國為中心的聯合國軍隊占領日本，並進行民主化改革。在創造新社會的時代氛圍下，由民眾親手創造新文化的運動亦隨之興盛，廣島原爆的受害者峠三吉也是這個文化運動的旗手之一。峠在戰前、戰爭期間是一名書寫古風抒情詩的詩人，在日本敗戰後，隨即參與各種文化活動，創作活動方面則延續他原本就參與文學雜誌、擔任編輯，此外也擔任演講或音樂會的主持人。

儘管如此，峠在四〇年代後半幾乎並未以原爆為主題進行創作。雖然他留下遭原子彈轟炸的詳實紀錄，卻並未將之與創作結合，雖然這可能是基於他個人的動機，但無疑也受到當時的社會情勢影響。當時占領日本的GHQ（General

Headquarters，駐日盟軍總司令部）所制定的新聞報導準則（Press Code for Japan），將與原爆相關的題材列為審查對象。GHQ對於追究美國投下原子彈的責任並進一步導向批判占領制度有所警戒，市民或媒體並沒有太多空間得以談論原爆受害的議題。儘管早期有原民喜或大田洋子等文學家將受災體驗寫成小說，但這些作家的作品也都成為審查對象。

峠等人參與的文化運動在四〇年代末迎來第一個高峰，此時東亞的冷戰情勢也日漸嚴峻。因日本戰敗甫脫離殖民地支配的台灣與朝鮮半島，隨即捲入冷戰的風暴。台灣二二八事件、韓國濟州島四三事件等，皆是由支配者發動、虐殺民眾的悲劇。朝鮮半島的南北分斷成為既定事實，台灣則因國民黨在中國大陸戰敗，於一九四九年夏天以後再次宣布戒嚴。

在日本推動非軍事化與民主化的GHQ，其占領政策也出現大幅變動。為了將日本建設為反共防波堤，經濟復甦被視為最優先事項。偏袒企業老闆的政策，導致勞工失業或遭解僱的狀況遍及日本全國各地。民眾則以社會運動與文化運動作為對抗手段，然而，政府也因此日益增強取締這類運動。一九四九年六月，廣島發生大規模勞資糾紛：「日本製鋼廣島事件」，警察與勞工之間更加針鋒相對。以這個事件為導火線，因政治立場不同產生分裂的文化運動一時失去氣勢。峠為了突破這個困境，於一九四九年十一月創立名為「吾等詩會」（われらの詩の会）的詩社團，並發行詩刊《吾等之詩》（われらの詩）。以峠為中心的《吾等之詩》，係由廣島的勞動者、主婦及學生組成，成為一個新的集體創作媒介。

「吾等詩會」最初以廣泛發掘、培育廣島和廣島近郊的職場、地域與學校裡的作家為目標，雜誌刊載了許多以日常生活中悲歡喜樂為主題的詩，由於是遭受原子彈轟炸的廣島在地雜誌，《吾等之詩》也刊載了以原爆為主題的詩，然而，要到一九五〇年六月朝鮮戰爭開戰前後，詩的數量才開始增加、品質開始深化。峠和他的夥伴們沒辦法無視這場即將在鄰國發生的戰爭：韓戰，他們試圖將這場戰爭視為自己的問題，以更主動的方式面對這個問題。他們採取的這個態度成為一股原動力，推動他們召喚並重構遭原子彈轟炸的記憶，使之成為創作題材。構思並執筆《原爆詩集》，也是對一種對韓戰的回應，如果以時代脈絡來思考，「原爆詩人」峠三吉，其實也是「韓戰詩人」。

收錄在《原爆詩集》的作品大致可以分為兩個系列，第一個系列的作品直接描寫一九四五年八月廣島人們的體驗。〈八月六日〉、〈死〉、〈火焰〉、〈臨時包紮所〉、〈倉庫的紀錄〉等作品即屬於這個系統。將這批作品當作白描式的原爆體驗紀錄來讀並不完整，理由在於，這些作品蘊含著「如何才能將無法言語的體驗透過語言呈現」的強烈問題意識。

舉例來說，〈死〉這首詩的第一行只有一個驚嘆號「！」。我們即使想朗誦這首詩，看到開頭「！」的瞬間，會猶豫不曉得到底該發出什麼聲音，可能會對「發出聲音」這個行為感到挫折。這個「！」，是一個以視覺呈現無法成聲的聲音的手法。讀者透過這個記號間接體驗、想像那些面對眼前的原爆慘狀而喪失言語的人們的心理。此外，這首詩最後將句子切碎斷行、使語言成為斷片：「為什麼／得死／在／這／？」[1]用以展現人類瀕死時，逐漸無法言語的過程。因此在閱讀《原爆詩集》時，除了以「詩裡呈現了什麼？」的觀點外，也希望讀者能帶著「詩是如何呈現」的觀點來讀。

《原爆詩集》另一個系列的作品，是描寫從原子彈轟炸中生存下來的廣島人們日後的樣貌與感受。換句話說，是在處理書寫詩集的那個當下的問題。詩集最後一首〈希冀—觀「原爆之圖」有感—〉是以描繪廣島原爆慘狀的繪畫系列：「原爆之圖」為題材，峠與創作「原爆之圖」的丸木位里、丸木俊夫婦頗有深交。在GHQ占領下無法談論原爆，且韓戰正在進行，卻藉由民眾的力量讓「原爆之圖」在日本國內的大規模全國巡迴展得以實現，這無疑是一場抵抗運動，抵抗那股試圖讓人們忘卻原爆記憶的力量。

〈一九五〇年八月六日〉這首詩以原子彈投下滿第五年的那天，在廣島發生的事件為題材。一九五〇年八月，韓戰爆發不久，GHQ為了避免民眾因反對韓戰進一步演變為反美運動，禁止廣島市內無論規模大小、所有以「和平」為名的大小集會。然而，因有人在廣島市內的百貨公司和電影院裡散佈大量反戰傳單，引發警民衝突。〈一九五〇年八月六日〉這首詩是傳達當天事件的重要歷史證言，透過充滿躍動感的文體，令人重省「和平」的涵義，是一篇十分優秀的文學作

1　將日文音節切散為：「し、　死な／ねば／な／らぬ／か」。

品。然而，即使在廣島也鮮為人知的是：被當作題材的這個事件，最後有四名民眾遭到逮捕，而這四名民眾都是在日朝鮮人。有些經歷原子彈轟炸的在日朝鮮人，當天也幫忙發傳單，幸好未遭逮捕，爾後受到《原爆詩集》感動，自發地上街叫賣詩集。也有朝鮮人老太太特意前來支持發傳單行動。〈墓碑〉這首詩描寫為了禁止原爆的連署運動而四處奔走的小孩們。在這首詩裡率先站出來呼籲連署的是「朝鮮的朋友們」，爾後響應他們呼籲的「日本的孩子們」也站出來、大家一起呼喊「我們是廣島的／廣島的孩子」，當中呼喊的對象也包括遭原子彈炸死的孩童亡靈。補充說明一下，在廣島遭到原子彈轟炸的人，十人當中有一人是朝鮮人。遭到轟炸的當然也有台灣人、被強制從中國帶來的人以及為了求學從東南亞來到廣島的人，就算投下原子彈的是美軍，也有當時是日軍俘虜的美國士兵遭到轟炸。

當時有傳言指出原子彈可能再次使用於韓戰。相信對於峠他們而言，除了絕對不想看到原爆的悲劇再次發生外，與身旁的朝鮮人來往時，原爆記憶也作為一種集體記憶被喚醒。峠的「吾等詩會」活動，可以說是與在日朝鮮人連帶和共同奮戰之中成立。儘管《原爆詩集》描寫的是廣島當地的事，卻同時也是一個意圖跨越國族框架、連結東亞人們的嘗試。

在包含日本的東亞地區，一九五〇年代前半是所謂「韓戰體系」的地區秩序成型的時代。朝鮮半島的分斷、中國與台灣的對峙、沖繩的美軍基地等，直到現在，東亞還處於這個戰爭的痕跡上。《原爆詩集》也沒有脫離美蘇意識形態的對立結構。舉例來說，〈早晨〉這首詩描寫人類和平使用核能的夢想。提到「和平利用核能」，或許會令人想到一九五三年三月美國總統的演講，但這首詩卻是以一九四九年十一月蘇聯聯合國代表的演說為基底寫成。峠等人也有因反對美國占領政策與韓戰，而遵循於其他意識形態的傾向。

基於前述，可知透過《原爆詩集》的詩的想像力，即便時至今日，依舊能讓我們所獲良多：抵抗蠻橫的暴力與對歷史記憶的遺忘、共感他者的痛苦、以更主動的方式和歷史證言對話，以及不可無視輕賤人命的支配性權力。這些都不只是侷限於日本國內的課題，對立與分斷的構造，至今仍舊以不同形式持續存在於世界各地，為了跨越這個結構，我十分期待《原爆詩集》能有更多跨越國境和語言、被重新閱讀的機會。衷心期待正體中文版能成為其中一個契機。

# 序

把爸爸還來　把媽媽還來
把老人家還來
把小孩還來

把我還來　把那些與我有關的
人還來

只要還有人　還有人的世間

把不會崩壞的和平
把和平還來

# 八月六日

哪能忘得掉那道閃光
街頭三萬瞬間消失
在被壓碎的黑暗深淵裡
五萬悲鳴止息

黃色如漩渦般的煙淡去後
大樓崩裂、橋樑坍塌
滿員電車就那樣燒得焦黑

瓦礫與燼餘堆得無邊無際的廣島
末幾　皮膚如破布掛身
雙手抱胸
踩過迸裂的腦漿
腰間纏著燒焦布條的
一列裸身隊伍聚在一起邊哭邊走

練兵場的屍體像地藏石像般散亂
那為了從河岸爬向木筏而疊起的群體
在燒灼的日照下漸漸成為屍體
點亮黃昏的火光中

媽媽和弟弟被活埋的那一帶也
在延燒的火勢裡

兵工廠地板的屎尿裡
躺著逃難而來的女學生們
腹部腫脹的、單眼潰爛的、半身脫皮紅腫的、沒頭髮的
晨曦照著難以辨識誰是誰的群眾
四下已無動靜
瀰漫的惡臭裡
只聞鐵盆附近徘徊的蒼蠅嗡嗡

哪能忘得掉那
遍佈在這三十萬的城市裡的寂靜
在那靜默之中
回不來的妻與子的白色眼窩
撕裂我們心神的
祈願
怎麼能忘得掉!?

# 死

！
耳朵深處號泣的聲音
默然變響
猛然撲來
在非比尋常的空間
煙塵彌漫
焦臭飄蕩間
狂奔的陰影
「啊

逃
得掉」
躍起的腰間
紅磚碎屑散落的
身體
正在燃燒
從背後推倒我的
熱風
在衣袖在肩頭
燃起火焰
在濃煙中抓住
水槽的混凝土邊緣

頭已經
在水裡
淋上水的衣服
沒有
燒焦破爛
電線木材鐵釘玻璃碎片
如浪的瓦牆
燃燒的指甲
腳踝脫落
鉛製的鈑金貼在背上
「嗚．嗚．嗚．嗚」
電線桿和土牆都

已被火
燻黑
火和煙的
漩渦
吹進破裂的頭殼
「小廣　小廣」
按住的乳房
啊　染血棉片的洞
倒地
——你、你、你、在哪
在匍匐前進的煙幕裡
會從哪裡出現啊

手牽手
轉啊轉啊跳著盂蘭盆舞的
裸身女孩們
在顛仆成一圈的
瓦片下
又是肩膀
沒有頭髮的老婦人
尖叫
像熱氣蒸騰噴出的痛苦高亢
路旁已是火焰搖曳
把肚子鼓得像太鼓

剝落到嘴脣的
紅色肉塊
抓住腳跟的手
滑溜地剝落
滾動的眼睛大叫
煮成白色的頭
手踏過的毛髮、腦漿
蒸騰的煙、撞擊的烈焰之風
在火花迸裂的黑暗裡
孩子的金色眼睛
燃燒的身體
燒灼的喉嚨

猛然折斷的
手臂
凹陷
肩
喔喔　再也
無法前進
在黑暗孤獨的深淵裡
太陽穴的巨響驟然遠去
啊啊
發生什麼事
為什麼我得
在路旁這種地方

也不在你身邊
為什麼
得死
在
這
？

# 火焰

從撞上天蓋的
裹屍布鋪捲展開的
雲朵低垂的
昏暗地面
撥開煙霧
咬牙切齒
躍升
合體

黑色　紅色　藍色的火焰
將閃耀的火花吹散後
旋即矗立於
整座城市上方。

如海藻般　搖搖晃晃
突進的火焰隊伍。
被拉往屠宰場的牛群
摔落河岸
一隻灰色的鴿子
蜷縮著翅膀跌落橋上。

一個　一個地
從煙灰底下爬出來後
被火吞噬的是
四隻腳的
無數的人類。
在噴發坍落成堆的餘燼裡
扯開頭髮
僵硬的
詛咒悶燒著
被濃縮的

爆炸時間過後
唯有灼熱的憎惡
無盡地擴散。
空間裡堆積著
無韻的沉默。

推開太陽的
熾熱鈾射線
將薄衣的花樣烙印在
少女背上
讓司祭的黑衣

瞬間　燃燒
1945, Aug. 6
白天裡的深夜
人類對神施加
確實的火刑。
這一夜
廣島的火光
映照在人類的床上
歷史旋即
伏擊
所有近似神的一切

# 盲目

從河岸邊被壓垮的
產科醫院瓦礫堆下
原本陪著太太的男人們
拖著手腳
聚集在石堤旁的小船

在被玻璃碎片襲擊胸到臉的黑暗中
淺灘裡的小船滿是火花

被熱氣追趕的盲人
下到河床上跌跌撞撞
不穩的雙腳
陷入泥淖

倒地的群體裡
廣島寂寞地燃燒
燃燒崩毀
未幾　黃昏滿潮
潮汐淹上河床

潮滿
淹過手淹過腳
海水不斷地滲入無數傷口
那些動彈不得的生物

在顫抖的意識暗處
摸索喪失物的神經
撞上閃光的爆幕
再一次
燃燒殆盡

挺過巨大崩壞的本能
在手腳的浮動中碎裂
翻落河裡的焦黑梁木有
搖晃的生之殘影

（伴隨嬰兒的　妻子笑容
　透明產房的　窗邊早餐）

然後
被玻璃挖出的雙眼裡
有血有膿有泥土

有雲霧煙塵隙縫間
山上的
夕照

# 臨時包紮所

你們
即使哭泣也沒有眼睛流出眼淚
即使大叫也沒有嘴脣發出言語
即使要掙扎手指也沒有皮膚抓住東西的
你們

讓滿是血和油膩汗水與淋巴液的四肢晃動
讓堵塞得像團線的眼睛發出白光

腫脹發青的腹部只繫著內褲的鬆緊帶
即使害羞卻被迫再也沒辦法害羞的你們
誰能想到你們剛才還是惹人憐愛的
女學生
從燒焦潰爛的廣島
昏暗搖曳的火焰中
再也不是你的你們
一個接著一個逃出來爬出來
到了這塊草地
把頭髮燒鬈的羅漢頭[2]埋進苦悶的塵埃

到底為什麼得遇到這種事
到底為什麼得遇到這種事
為了什麼
為了什麼
而你們
自己成了什麼樣子
被弄得如何不成人形
你們想像不到

只是想著

你們想著
今早以前的爸爸媽媽弟弟妹妹
（就算現在遇到你誰能認得出你）
還有睡覺起床吃飯的家
（籬笆的花瞬間撕成碎片現在甚至找不到灰燼的痕跡）

想著想著
夾在一個接著一個漸漸停止動作的同類之間

2 **羅漢頭：**羅漢，亦稱阿羅漢。佛教開悟的修行者位階。通常以剃度並穿著僧服為形象。「羅漢頭」則取其光頭意象。

想著
曾經是少女
曾經是人類少女的日子

# 眼

陌生的面孔看著這裡
在不知是哪個人世
哪個時節的昏暗倉庫裡
既不是夜晚也不是白天的光、從格子窗灑落
層層堆疊曾是臉的面孔。曾在頭部前端的面孔。
在人類的頂部將生活喜悅與悲傷
如粼粼波光般映照著的臉。
啊啊、現在是一團軟爛腐敗的肉塊只剩眼睛炯然

扯落的人類印記
就那樣掉在水泥地上
被某種力量壓著連顫也不顫的那個
蒼白腫脹的沉重圓形物體
白色的光在龜裂的肉縫間移動
盯著我走的每一步。
緊緊黏著我的後背肩膀手腕不離去的眼睛。
到底為什麼要那樣盯著
從後面、後面追上來從四處圍上來、細白的視線射向我
眼、眼、**眼**、
從那麼遠的正面、從那陰暗的角落、也從我的腳下

啊、啊、啊
眼睛定定地、緊追不捨地望穿那
額頭還有皮膚且鼻子直挺挺地隆起
穿著衣服站著的我這個人類走過。
從傳來熱氣的地板
從令人窒息的牆壁、從支撐著伽藍堂[3]的堅固柱子的角落
出現、出現、永不消失的眼睛。
啊啊、找尋那個今早還是我的妹妹的人
從踏進這個黑暗的我的後背到胸前、腋下到肩膀
緊緊黏著永遠不會消失的
眼！

在混凝土上的、蓆子稻草間的、埋在不知從哪滲出尿的蓆網間
像要崩毀的臉頰的
藥膏、分泌物、血、沾黏灰燼的死亡臉孔的陰影裡
啊、啊、
移動的眼睛、微微地溢出透明的液體
用翻開的嘴唇
沾著血泡的牙齒
緊咬著似地呼喊、我的名字。

3 **伽藍堂**：祭祀伽藍神的殿堂。伽藍神為寺廟的守護神。在日文裡「からんどう」可引申為形容房屋或建築物內部空蕩蕩的樣子。

# 倉庫的紀錄

那天

蓮葉燒成馬蹄狀的一片蓮田裡，陸軍軍裝工廠的倉庫二樓。只有鐵窗的昏暗水泥地面。上面鋪著一條軍用毛毯，逃難的人們面對面地躺著。大家都是內褲和工作褲的碎片勉強纏在腰際的裸體。

把地板躺得無處可走的，大部分是來自避難房屋殘骸的女校低年級生，因為從臉到全身都是燒傷、紅藥水、乾掉的血塊、藥膏和繃帶，污穢的容貌看起來像一群乞討的老婦人。

放在牆角和粗大柱子暗處的木桶和水桶裝滿穢物，將糞便倒進去時，在刺骨的惡臭裡

「幫幫我　爸爸　幫幫我

「水　是水！　啊啊真開心真開心啊

「五十錢！　這有五十錢唷！

「弄掉它　腳邊有　死掉的東西　弄掉它

聲音又高又細不停響著，有些心神已經錯亂，大半則是已經不動的屍體卻沒有人手將她們移走。不時有穿著全身防空服裝、尋找女兒的父母進來，慌張地四處窺探相像的臉孔或工作褲的紋路。得知此事的少女們的聲音頻頻拚命地要水和幫忙。

「叔叔、**水**！拜託給我**水**！」

沒有頭髮、一顆眼睛抽搐全身開始腫脹的女孩從柱子的陰影中撐起身子，拿起被壓扁的水壺，始終不放棄地反覆揮著，但是被告知不能把水給燒傷者的大人，對他們澈底視若無睹，許多女孩喊累了、怨恨地放低聲量，最後連那孩子也癱倒在柱子的陰影裡。

沒有燈火的倉庫讓遠方還在燃燒的城鎮聲響傳入地面、時而衰弱時而高漲的瘋狂呼喊被夜的漆黑吞噬。

第二天

清晨，安靜，寧靜得難以置信的一天。地板的群體少了一半，沒有昨天的喊叫聲。留下的人們的身體全都腫脹成青銅色，分不清是手臂還是大腿、大腿還是肚子與燒得蜷縮起來的少許毛髮、腋毛、稚嫩陰毛的暗處，讓靜止的陰影沉積在雜亂的四肢與身體扭曲的線條凹陷處，只有混濁的白色眼睛細細地融化留在那凹陷裡。

各處都有找到女兒的父母蹲著正在餵女兒喝點什麼，枕頭旁的鐵盆裡漂著梅乾的稀粥，成了蒼蠅徘徊的地方。

聽到飛機的轟隆聲便緊緊地將身子扭成一團的眾人氣息裡，成為靜止不動的影子數量又再次增加，在那樣的影子旁邊有K夫人的眼。

## 第三天

K夫人的狀況，呼吸三〇，脈搏一〇〇，燒傷部位，半臉、背後全部、腰部少許、兩腳腳跟，發燒，無食慾，上午靜靜地看著大家發狂叫喊的眼睛升起一股熱氣，她抓著跨坐著糞尿桶的手在顫抖。給我水、給我茶、我還想吃醋醃小黃瓜，黃昏時說著神智錯亂的話。

死在硫磺島的丈夫的記憶從手臂崩落，出門為國勞動服務前托鄰居照顧的小孩的模樣從眼睛崩落，本能的苦痛從腐爛的身體剝落。

## 第四天

白色激烈如水般的腹瀉。睫毛燒焦的眼睛上吊，也不再有微笑的蹤影，燒傷處全部化膿。燒傷只能抹油、腹瀉只能吃老鸛草。不久腹瀉開始帶血，殘存的皮膚開始浮現小小的紫色、紅色斑點，在嘔吐越來越激烈的呻吟之間，傳來這個傍晚奪回阿圖島的風聲。

第五天

手一碰頭髮就脫落。化膿的部位充滿蛆，一挖就紛紛落下，散落在地板上繼續往膿爬去。

原本無處可走的倉庫，因為只有留下的人而顯得空曠，那邊的角落、這邊的暗處，有全身浮腫而絕望的人，和兩、三位臉色陰沉的看護忙進忙出、趕走聚集在傷口的蒼蠅。從高大窗戶灑落的陽光，在有污漬的地板上移動，黃昏很快地溜了進來，躺在地板上像戴了面具的表情，目送著那些藉著蠟燭火光前往下一間收容所尋找骨肉的人們。

第六天

彼端的柱子暗處全身綁帶只露出眼睛的年輕工人，用微弱的聲音唱著「君之代」。

「敵方的B29算什麼，我們有零戰、疾風——對方正得意忘形，再一下、大家再撐一下——」他以斷斷續續的溫熱氣息說著。

振作一點、睡吧，你如果叫阿姨，阿姨馬上就來，旁邊頭上包著布的獨眼女人跪著靠近對他說。

「阿姨？你不是阿姨，媽媽、你是媽媽！」

他手臂沒有移動，慢慢地側過流著黏膩汗水的深紅色顴骨，發亮雙眼的兩道淚水流進繃帶底下。

第七天

在空洞倉庫的昏暗處，有在彼處角落鎮日啜泣的人影，也有在這柱子暗處像石頭般沉默、不時把胸彎得像弓一般痛苦地喘氣的最後一位傷患。

第八天

空蕩蕩的倉庫。在扭曲鐵窗的天空裡，今天也有從堆積在外面空地的屍體升起的煙。

柱子的暗處，突然有揮舞著水壺的手、無數恐懼的眼球堆疊成昏暗的牆壁。

K夫人也死了。

——無收容者、死者某某——

貼在門前的紙張墨汁已乾

硬扯下來的蓮花花瓣，散成石道上的白。

# 年邁的母親

不能死
年邁的母親
你不能就這樣走了

風吹得嘎吱嘎吱作響的母子寮[4]一隅
四帖半空蕩蕩的房間
蜜柑紙箱的佛壇前面
躺著一副只有鬆弛的皮膚與筋絡的身體

在又硬又重的被子裡
整天總碎念著什麼的
母親

微寒的陽光
從西邊、己斐的山過來
讓堆積在玻璃窗上黃昏的灰塵飄了起來
讓你太陽穴上的
白頭髮微微發亮

4 **母子寮**：二戰結束後，為了收容流離失所的母親與兒童，依1947年訂定的「兒童福祉法」所成立的收容所。1998年以後改稱「母子生活支援設施」。

在這接近冬天的明亮裡
你是不是又把
可愛的兒子和媳婦
和孫子乾燥的臉轉過來
然後繼續說話呢
佛壇上褪色的相片
微微捲曲
笑著

昨天公司的人
說是剛好

從你兒子的座位附近
挖出有金屬牙套的門牙
帶來給你
聽說媳婦和孫子
似乎在土橋一帶
和鄰居一樣大家都全身燒傷
跳進附近的天滿川
一個接一個地被水沖走

那些熾熱的日子裡
牽著你拄著拐杖的手

在沒有影子的廣島邊走邊找
走過成山的瓦礫堆沿著斷橋
從西到東、從南到北
從傳聞中堆積著死人的十字路口
到市郊的寺廟和學校
到小島上的收容所
翻閱被撕破一半的傷者名冊
在不斷地呻吟的人群間
四處窺探尋找
確實是第七天
往無意間聽到的深山村裡醫院出發

又一次穿越火災後的廢墟時
一直以來
堅強得近乎頑固的你
在只剩底部
還冒著煙悶燒的電線桿旁
突然蹲了下來
「啊啊夠了
真是受夠了
為什麼我們得遭遇像這樣
令人痛苦的事啊？」
聲音漸漸變大

痛哭
傘倒進灰燼
揚起微塵
藍得不可思議的天空裡
什麼
什麼都沒有
唯有一縷白煙
悠長地劃過天際……

年輕時死了丈夫
裁縫、洗衣

甚至在夜裡賣烏龍麵才養大的獨子
在大學畢業後受肺結核之苦五、六年
終於痊癒後結婚
生下孫子半年
八月六日的那個清晨
一如往常笑著出門
媳婦背著孫子
被派去做防止建築物延燒的工作
就那樣
一去不返
留你一個人在家

一去不返的三人

啊啊母親
年邁的母親
你不能就這樣走了
是在燒盡的廢墟裡邊走邊找累了嗎
還是吸入殘留的毒氣了
顯得疲倦
不久便睡去
現在就連自己喃喃的話語
也弄不清楚的母親

將無法傷悲的悲傷
也稱不上是憤恨的忿恨
與在那場戰爭喪失親人的
所有人的思念串連
成為讓這件事不再
於人世重演的一股力量

那喃喃自語
那淚水的痕跡
只點綴在乾枯的肋骨上

你不能就這樣走掉
走掉就是
不行

# 火焰的季節

FLASH！
整個城市在
焚燒的
鎂裡
像皮影般崩壞。
不是聲音
那是

輕輕地
被拋出去的意識。
被掩埋的瞬間的
遙遠的
自己、

千萬碎玻璃飛散。
比鉛還重的老棟樑
牆土咚地倒下
致命一擊
外面是

詭異灰色的
被壓得不成形的屋頂的
電線織成網的
人的氣息
人聲止息的
不知蔓延四方幾里的
死寂。

乍然聳立焦茶色山脈的
研磨缽底裡
被搗碎的廣島

驚人的爆發！
高漲翻騰滾動隆起
雲・
雲・
雲・
紅色・橘色・紫色
遙遠的上空噴發著赤紅火焰。
相互撞擊、
爆發、
從地殼裂縫中漩渦般捲起的煙
向著大氣層沸騰

大氣！

地表傳來前所未有的

聲響、呻吟、爆炸聲！

鈾235

表定的**廣島**

上空五〇〇公尺處

讓人工太陽降臨、

上午八點十五分

確實地

讓市民

在鬧區的街上群聚。

廣島
已不見蹤影
在像陰毛般的煙底下、
兩層三層地膨脹萎縮
明滅的太陽底下、
火焰之舌四處爬竄、
舔舐
人類被掀起的皮膚
因旋風搖盪
黑色的驟雨

塞住呼喚同族的嘴脣

列、

列、

穿過不可思議的彩虹連綿的

幽靈隊伍、

像巢穴被破壞的螞蟻般

往市區外竄逃

擠滿道路

兩手垂在前方

徐徐地

片刻
片刻
曾是人類的
生物的隊伍。

天和地都喪失了
熱風和異臭的空間
潛入七條支流
緩慢流動的水。
粗魯地
肥軟地

無限地綿延
撞上港口的
島嶼們。

「啊啊　我們
不是魚
所以可不能默默翻肚、
比基尼環礁噴發的
數萬噸海水映照著的是
豬、
羊、

猴子、
實驗動物們
失神的眼、眼、眼」

太陽燒灼、
雨水滲漉、
廣闊的廣闊的滿是瓦礫的方圓十二公里
把白骨與紅磚碎片鋪平
確實
墊高了近三尺的
**廣島**。

死者　二四七、〇〇〇。
失蹤　一四、〇〇〇。
傷者　三八、〇〇〇。
遍佈於原爆遺跡陳列所的
燒焦的石塊、
溶解的瓦片、
被壓扁的玻璃瓶、
以及覆上灰塵的
觀光飯店的都市計畫摺頁。

但是
一九五一年
今天仍在燃燒的雲。
掠過那雲
輕柔地浮遊
那的確是　兩個白點、
啊、就是那個！
從地球另一端以無線連結的
原爆效果測定器的降落傘。
我們
**廣島**族的視網膜中

從未消失的
那個清晨的
降落傘
輕巧柔軟地
在雲的影子裡
玩耍。

# 幼小的孩子

幼小的孩子可愛的孩子
你到底在哪裡
像顆不小心跌倒的石頭
在那個晴朗的早晨分離
睜得大大的眼睛前
母親不在
你映著澄澈天空的眼眸背後
突然

升起紅黑色的雲
在天際翻騰擴散
那無聲的光的異變
在永不停止的稚嫩探問前
誰能來說那天發生的事

幼小的孩子可愛的孩子
你到底去了哪裡
託給鄰居後出門工作
只有你
只有仰仗對你的執著

衝過火焰街道奔跑而來的雙腳上的腐肉
對上面生出的蛆
連感到噁心的氣力都沒有
在臨時收容所的黑暗處
靜靜地死去的母親

把你遺留在那肚子裡
在南島被砲彈炸裂的父親
那塗滿離別眼淚的溫柔身體
因燒傷和膿包和斑點腫脹
與許多類似的屍體交疊掙扎

只有緊急救難包既沒弄髒也沒被燒到
把要給你的新繪本
放在枕頭旁邊
就不再動彈
那個夜晚的事
誰來說給你聽

幼小的孩子可愛的孩子
你到底怎麼了
在赤裸的太陽的雲的彼端顫動
燃燒灰塵的、聽不見的直線道上

在降下的火彈、光芒翻飛的玻璃閃爍
被追著跑的掛念中
心的皮膚痙攣
結結巴巴地
母親喊你
只有你
只想告訴你
父親的事
母親的事
還有現在
留下你一個人的悲傷

誰來訴說
誰來幫忙訴說

是的我
一定會找到你
把嘴巴貼近你柔軟的耳朵
告訴你
把全日本的父親母親可愛的孩子
弄得支離破碎
以黑暗的力量掐住
最終像蒼蠅般

打死
推落
令人抓狂而死的那場戰爭
是如何
焚燒大海焚燒島嶼
焚燒廣島的街道
如何從你清澈的眼眸裡、求助的手裡
奪走父親
奪走母親
我會告訴你到底發生什麼事
我來告訴你！

# 墓碑

你們聚在一起站著
像是在寒冷的日子裡聚在一起取暖似的
越縮越小被擠進角落
現在已是
無人察覺的
一座小小墓碑

「斉美小学校戦災児童の霊」[5]

底部用燒焦的磚頭圍起
立起不及三尺的木條
沒有花的破竹筒倚靠著

AB廣告公司
CD摩托車商會
還有巨大看板的
廣島和平都市建設株式會社

5 「斉美小学校」是聚集了軍人小孩的學校，本詩中為重現看到墓碑的視覺效果，故保留原文。

並排的天婦羅建築[6]內側
漆成綠色
在通往M盃[7]網球場路上的一角

成堆廢棄的瓦片與水泥碎片
學校傾圮的門柱泰半被掩埋
在下雨就成了一片泥淖的那一帶
從那已經不堪用的市營簡易住宅
到嬰兒哭聲從未止息的那個角落

你們站著

漸漸地成為腐爛的樹
沒有手
沒有腳
不再撒嬌
也不再纏著要什麼東西

6 **天婦羅建築**：內部木造、外部以砂漿包覆的一種建築形式。天婦羅係將麵衣裹在食材油炸的料理，取其形象命之。

7 **M盃**：M盃指「麥克阿瑟元帥盃」。麥克阿瑟元帥盃運動競技會（マッカーサー元帥杯スポーツ競技会）由企業家池田政三推動，首次於1947年在兵庫縣西宮市舉辦，1949年於廣島舉辦第三次大會。競技項目為軟式網球、硬式網球、桌球。隨著1951年麥克阿瑟被解職，大會於1955年廢止。

默默地　默默地
站著

再怎麼叫喚
再怎麼哭泣
爸爸或媽媽
都不會再過來了吧
甩開緊握的手
別人家的伯伯逃走了吧
在沉重的沉重的底下
熾熱的熾熱的風

漆黑的漆黑的　喘不過氣的地方
（啊啊到底是做了什麼多惡劣的惡作劇）
柔軟的手
細小的頸子
在石頭和鐵和古老的木材下噴血
是多麼容易碎裂

比治山的影子裡
眼珠像饅頭般被烤焦的朋友們的隊伍
狼狽地蹲下
對著帶刀奔跑的聲響大喊

阿兵哥救救我！　的時候
也沒有人回應你們
在天色變暗的水槽旁
手指著西邊說
帶我走！　的時候
也沒有任何人拉起你們的手

然後有樣學樣地浸在水槽裡
拿無花果葉子蓋在臉上
什麼都沒弄清楚就那樣
死去的

你們啊
聞不到蘋果香氣
也不能再含糖果
去了遠方的你們
讓你們說出〈什麼都不想要……
在戰勝之前〉[8]
的到底是誰！

8 **〈什麼都不想要……在戰勝之前〉**：第二次世界大戰期間著名的戰爭標語。二戰期間，由大政翼贊會和各大報社於1942年共同舉辦全國標語募集活動，從32萬餘件的投稿中選出的10件之一。作者為當時就讀國民學校五年級的女性學童。

「斉美小学校戦災児童の霊」

默默地站著的你們
那看似難以置信的眼眸裡
兄長和父親曾經被迫緊抓著的野戰大砲
生了紅色的鏽丟在地上
在三葉草的低窪處
看得見外國士兵與女人
躺著的這個街角
彼端的原野
圍著新建高牆的拘留所

停止戰爭、說出這段話的人們
遭逮捕後今天也被帶著經過的這個街角

真是　何等難以置信
你們像兔子般的耳朵聽見
從茅草屋簷傳來
混著雜音的廣播
說是在哪投下幾百噸的炸彈
說是追加了幾億美元的核彈製造預算
說是援軍即將登陸朝鮮
等等意氣風發的新聞

帶有草臭味的鐵道草根下的
生鏽釘子也
被撿走被買走
啊啊　你們　被收拾
被遺忘
勉強留下的那座墓碑也
很快地埋沒在土木公司擴建工程的砂石裡
埋著那細小的手和
頸骨的地方
將被掩埋在什麼之下
永遠找不到

「斉美小学校戦災児童の霊」

即使花筒裡沒有花
兩隻蝴蝶依舊相互追逐
在黑色的木頭紋路裡
風從海吹來
就像那天的清晨
天空依舊　閃耀著藍色

你們啊不出來嗎
挽著柔軟的手臂

不站起來嗎

祖母說著
「誰要去什麼像慶典般的和平祭啊」
她現在也還在等你
祖父偷偷地
在木槿樹蔭下
藏著你的舊鞋子

吸吮著倒下的母親乳房
那天倖存下來的孩子也

已經六歲
偷東西
乞討
在下雨的路上徘徊的
你們的朋友們也
已經被太陽曬黑
擁有不輸大人的臂力

哪能輸
哪能輸啊
朝鮮的朋友們

在大熱天的廣島車站
收集為了不讓戰爭發生的連署
哪能輸
　哪能輸啊
日本的孩子們
丟下擦鞋的道具
賣起寫著真相的報紙

你們啊
夠了　沉默也夠久了
為了在世界各地對抗那些

打算發動戰爭的大人們
亮起你們圓滾滾的雙眼
用你們澄澈的聲音
哇！　大叫一聲跳出來
然後
展開那能被所有人抱在懷裡的手臂
遮上那能向所有人的心喚回正確淚水的臉頰
喊著　我們是廣島的
廣島的孩子
朝向大家的身體
撲上來！

# 影子

電影院、酒館、露天市場
燒毀後重建、重建後坍毀像疥瘡擴散
少年的廣島的
光亮的頭上有油脂融化
美式復興下
四處都看得到
早早被掛上的西方文字看板
「原爆遺跡」也是其一

油漆柵欄圍起來的
是銀行石階梯的一角
滲進暗紅色石頭肌理的
是靜謐的紋樣

那個早上
被幾萬度的閃光
霎地烙在厚實花崗岩板上的
某人的腰

淡紅色龜裂的階梯上
內臟溶成泥狀流過的血痕
燒成影子

啊啊、那個早上
在無法理解的閃光與高熱與爆炸的煙塵裡
火焰的光與雲的陰影捲成漩渦
拖著剝落的皮膚四處爬行
就算遇到妻子或兒子
身體也早已變得難以辨認
如果是廣島的人

這個影子也已
爬進記憶的傷痕
哪裡還能抹去

在善良得可憐的
漠不關心的市民來來去去的地點附近
雨打日曬埋沒於塵埃
逐年淡去的那個影子

入口下方放上「遺跡」的銀行
將燒得粗糙的瓦礫與玻璃碎片掃到街上

結束大規模復原工程
巨大的建築物在夕陽中閃耀
斜對面的廣場
人們圍著打扮成山中僧侶的街頭商人

「不用玻璃什麼的蓋起來遲早會消失」
當局充耳不聞
今天也有
晃蕩而來的異地海軍
踩著白皮鞋的腳步聲然後止步
自顧自地按著快門

爾後靠過來的擦鞋童
帶著「是啥！」的表情
探頭往柵欄裡看

# 朋友

取下墨鏡後看見眼瞼外翻、就快癒合的那傷痕間
有滲出來的淚水
在那收容所，溫潤凝結住的血
掀起捲了滿臉的白布一片一片，翻開最後一塊紗布時
混成了同一塊臟腑的兩眼，就以那樣的形狀癒合滲出了薄薄
的水滴
指尖彷彿訴說著失去妻子的事，找尋著手帕而顫抖

〈這裡是哪裡？是什麼樣的地方呢？〉從停屍場被搬來這裡
剛恢復意識時所說的話
邊在嘴裡反覆
邊重新架好粗厚的青竹，用綑著綁腿帶的腳尖摸索著門檻
靜靜地走出去
——連同這遭遇都必須獲得神的救贖——
——按摩一個人有五十元，不久就可以請你吃白飯了——
固定上教會、學習按摩，所有的經歷都埋在歲月深底
某個冬天即將到臨的黃昏
從電車中看見讓綁著頭髮的新妻挽手的軍裝身影

〈這裡是哪裡？是什麼樣的地方呢？〉那是在街頭噪音中
為了確認自己的平衡感突然停下腳步
只有戴著費多拉帽的臉朝向天空中的光
看起來好像不斷在詢問妻子些什麼

幾年後，在北風的街角又遇見從對面走了過來
的那個身影
一邊駝著背避開預備隊[9]隊伍
一邊將一隻手撐靠在異樣憔悴的妻子胸口
正面迎著風
好像在追趕什麼似地提起腳步快快通過

從墨鏡深處、皮膚皺褶中滲出的是，早已乾枯
就那樣走過心頭的
苦痛痕跡

9 **預備隊**：1950年日本在GHQ佔領之下根據盟軍最高司令部發布的「波茲坦命令」成立「警察預備隊」，簡稱為「預備隊」，此組織同時具有軍事組織和警務機構的色彩，負責維持日本國內治安。1952年改編為「保安隊」，為陸上自衛隊的前身。

# 有河的風景

落日早對都市冷然
都市在河灣深處　讓橋身拱起而隱沒
屋群在邁入黃昏時逐漸稀薄
粉碎了失去時間的秋日斷片
河流　驚恐地豎起背

失去的山脈　頭頂著雪在上游沉睡
雪刃從遠處照亮生活的眉間

妻子唷　今夜又為了冬天的準備而嘆息嗎？
枯萎的菊　繚繞著花瓶的圖繪
我倆夢想著孩子將出生的祭典也已落幕

閉著眼睛張開手腕　河岸的風中
鋪滿一地白骨的這城市之上
我們也是
活生生的　墓碑

燃燒起來的火焰在波面上
碎落的聲響迴盪於天皇歸還民間的山摺中

而且

落日　已靜止

河流　應風淙淙起浪

# 早晨

夢見、
汗積在閃光的擦痕裡停下手上十字鎬的工人夢見
迅速揮散皮膚間飄溢的狐臭而趴在裁縫機上的妻子夢見
把蟹腳般的燒傷傷疤藏在兩臂間的檢票女孩也夢見
脖子裡還嵌著玻璃碎片賣火柴的小孩也夢見、
夢見瀝青鈾礦、釩酸鉀鈾礦抽取出的白光元素
在持續無限分裂的力量中

貧瘠的沙漠被汰換成波浪起伏的沃野
閃耀的運河流過被揉碎的山麓
在人造的太陽下　極北的不毛之地也
能造出眩目的黃金城市、
夢見在工人休息的樹影間慶典的旗幟搖曳
廣島的傳說在溫柔的唇間中被陳述、

噴火的地脈　震動的地殼能量只能用於殺戮
披著人皮的豬群
只留在兒童繪本裡
火藥的一千萬倍　一克 10,000,000 的能量

從原子之中釋放到人民的手裡
在人民的和平中
豐饒的科學成果
像纍纍成串的葡萄
沾著露水
被一把抱住
夢見
這樣的清晨

# 微笑

那時　你　微笑了
那個清晨以來　敵人和同盟　空襲和火
都已無所謂
曾經如此渴求的　砂糖和米
再也派不上用場
從聚集人群的　戰爭包圍中被炸飛的　你
終戰的通知

像最後的解藥　我慌忙跑過來細語喃喃
對著我
你　確實　微笑了

你再也不呻吟了　充滿蛆的身體
連睫毛都沒有　眼瞼的縫隙裡
把人類的我　拋得遠遠的
蕩漾著憐愛的神情
微笑的　影子
彌漫著令人作嘔的爛膿氣味裡

憎恨　甚至連憤怒都被剝奪的　你
送給人類　最後的微笑

那靜謐的微笑
悲痛地填滿我的內心
面對著三年　五年　壓力遽增
再次襲捲而來的推向戰爭的力量
和逐漸無法抵抗的人們
下一秒　似乎即將爆發
就連你給的
那個微笑我都快心生憎惡般的　激烈

啊　下一秒
彷彿就要爆發！

# 一九五〇年的八月六日

跑了過來
跑了過來
從那邊　從這邊
配戴著腰上槍枝的
警官　快速奔跑過來
一九五〇年的八月六日
和平祭典被禁止

夜晚的街角　早晨的橋畔
站哨的警官蠢動著
迎接今天的廣島
市中心　正中央　八丁堀交叉口
F百貨公司[10]的暗處裡

在供養塔在燒毀的廢墟
來獻花的市民行列

10 **F百貨公司**：F百貨公司為「福屋百貨」。1929年為廣島首家百貨公司，以日本中國地方為主展開的百貨公司，也是在廣島擁有一定品牌力的老舖百貨。位於廣島市八丁堀的福屋百貨本店，為原爆事件後少數僅存的建築物。

忽然湧成渦旋
沾滿汗水的帽帶緊扣著
湧入群眾之中、
被黑色陣列切散
跌跌撞撞
同時抬頭看百貨的
從五樓窗戶　從六樓窗戶
飄呀
飄呀
夏雲作襯
時而成蔭　時而閃爍

無數的宣傳單飛舞在
仰著頭的臉上
伸長的手中
在飢渴的心底
慢慢地散落下來

有人撿起、
手臂拍掉、
手在空中接住、
眼睛讀過、
勞動者、商人、學生、女孩

住在附近的老人、小孩
將八月六日視為忌日的全廣島的
市民群眾及警官
互相推擠　怒吼
想要拿到的和平傳單
絕不被奪走的反戰傳單
尖銳的控訴！

電車停駛
信號燈傾倒
吉普車闖入

消防車的警笛鳴放
兩台　三台　武裝警察隊的卡車駛進
便衣警察的圍堵之中
進口高級轎車闖了進來
百貨公司的出入口成了險峻的盤查點

但傳單仍持續飄落
緩緩地　緩緩地
卡在屋簷上的傳單出現了帶著掃帚的手
小心地將它掃下
一張一張　好像生物

彷彿沒有聲音的吶喊
飄呀　飄呀
飛舞而落

放出鴿子敲打鐘聲
市長將和平訊息拋到風中的和平祭典
像線香花火般被弭平
演講會、
音樂會、
聯合國文教機構集會、
所有的集會都被禁止

被武裝和私服警官所占領的**廣島**、

火箭砲的爆煙
從電影院螢幕中竄升
從小巷傳來　參雜小孩的反對原爆連署的
呼籲之聲迴盪
一九五〇年八月六日的廣島天空中
對市民的不安灑上光明
映照出墓地沉默的影子、
朝著愛好和平的你
朝著祈求和平的我

讓警官追來、
傳單落下
傳單揮舞

# 夜

圍住視野
視神經疼痛
粟粒般的廣島之燈
傷痕凸起
蟹足腫拉扯著平滑的皮膚
濕掉的鐵軌扭曲著
飄散內臟氣味的泥路上
燒得焦黑的整排樹的樹幹上冒出肥嫩的芽

春霖底處
女人的瞳孔比香菸的火還紅
不遮掩大腿上漫開的青瘀

廣島啊
原爆留下不毛隆起後的你的夜晚
女人忘掉懷孕
而我的精蟲失去尾巴
廣島裡閃耀的租借地
在比治山公園的樹影裡受孕
原爆傷害調查委員會的拱門燈光

宛如自母體脫落的高級車車尾燈上
新墨西哥沙漠原住民音樂迷濛著
夜霧

（往對面河岸窗緣
攀上　脫掉花瓣
剝掉花芯
貓族的女人
在這也開啟了夜晚的維生）
讓戴眼罩的列車休息的車站屋頂上

多變的跑馬燈新聞
今夜也出現無法辨別的文字
公告第二、第三、第一百號的原爆實驗
從某處滴滴答答地淌著血
醉漢蹣跚走下
河岸的昏暗
搖搖晃晃作響的小船
從那之中
倏然起身的高瘦兵士
藏著探尋鐵屑的足跡
夜間潮汐從海上悄悄湧近

有的像蛾一樣地黝黑
有的只靠著振翅就能橫過天空
從晚上邁向天明
自白晝朝著暗夜
遠遠地吊著的燈
搖搖欲墜卻仍掛著的燈
一邊害怕一邊想要遺忘的燈
灑落而出的泡沫之燈
顫慄的燈　瀕死的燈
每一刻每一刻

都拖著血漿爬行
現今仍持續遠離那一天
不知所向跪爬而來的廣島之燈
在歷史黑暗裡
寧靜且低沉
廣島之燈滿溢

# 巷弄裡

啊　那東西

對著遠去的車站巡警
隔著車窗互罵的女掮客們的憤怒

聚集在暗處
白皙女人們刻意發出格外嬌嗲的笑聲
不按著傷口任血滴下

步伐蹣跚喝醉者的悲傷
在那深處
在那深處
一刺下去
就快要大量噴出那東西！

# 給某婦人

裂開的腹部朝向天空
挽馬[11]的幻影踏著虛空
在給水場的石板上徘徊
輜重隊遺跡上的簡易建築區

妳隱居於巷弄深處
那個夏天後過了一年
躲在雨天的傘下

往返醫院
B29[12]透明的影子
冷不防地落在臉上
閃光的傷痕
從眼瞼到鼻子結成塊狀

11 **挽馬**：一種大型馬，被培育成從事農耕或勞動等艱難任務的工作動物，具有耐心和溫順氣質的特徵。

12 B29：「B-29超級堡壘轟炸機」的簡稱，為美軍在二次世界大戰以及韓戰等亞洲戰場中所使用的主力戰略轟炸機。美軍在二次世界大戰時對東京等都市進行焦土轟炸，以及向廣島和長崎投擲原子彈任務，皆由B-29超級堡壘轟炸機來執行。

你說
至死不再見人

在坍場的家中被扯斷
用單手編織
生活的毛線又會
在那掌中拉出
什麼樣的血絲

風車緩緩轉動
孩子在菜園裡玩耍的寧靜城市

折返了幾次
今天一定要去找你
這條火災廢墟的街道

像爬蟲般的隆起和
長不出任何柔軟毛髮的光滑皮膚
在淺紅的夕陽中
我的嘴脣喚回家人骨頭的味道
不分冷熱止不住疼痛的傷痕
滴下惡臭的膿汁

硬掉結痂的暗處裡
對著讓燒盡的少女心凝結的你
我來訴說
從深處滲出的狂熱希望
烙在所有人身上的火焰之力
以及那無數的化身
為吞噬世界暗黑而戰鬥

再度籠罩的爆炸聲中
我來訴說
當我的憤怒和

你的詛咒
成為最美的表情的時候！

# 景觀

我們總有燃燒的景觀

環太平洋火山帶沙洲上的都市
大廈的窗噴著沒有顏色的火
路口的信號燈擋住被火紋身的人民又讓他們離去
坍塌在煙囪火海裡　埋沒於火焰中的車站大鐘
突出的環形防波堤裡　載著火來來去去的船
忽然一陣無聲　火焰的汽笛

列車匆忙拖拉而去的事物也是　被火蓋住的包莖
女人股間還積累著火膿　外國人停下腳步抖落打火機火星時
爭先恐後撿拾的黑衣乞丐們
啊　在那裡搜集菸蒂的人撿起的香菸還沒熄

我們總是棲息於火焰的景觀之中
這火焰不曾消逝
這火焰不曾熄滅
而且　誰又能說我們已不是火焰

夜裡滿城燈火　閃爍的霓虹餘燼上　隧道般的黯空

凝結晃動的火焰跡象 擠成一團的異形兄弟
啊　只是腳的腳　只是手的手　各自掀起那些火舔的傷口
最終腦袋龜裂　銀河燃燒
崩塌
火焰玫瑰　青色火粉
疾風漩渦
同時發聲的暗
怨恨　後悔　憤怒　詛咒　憎恨　哀怨　痛哭
所有呻吟拍打地面搖晃而上的天空
我們裡面的我們　另一個我　被燒爛的我的體臭
你剝落的皮膚　妻子的禿頭　兒子的斑點　噢　活著的原子家族

不成人形的人類
我們也在大洋盡頭　環礁的實驗裡飛衝
一個個被造出來的爆彈　用黑色降落傘吊在我們的坩堝[13]
無舌的火焰之舞
扭轉的無肺之舌
牙齒刺穿嘴唇　嘴唇噴出火的液體
無聲的火在世界裡一點一點擴散
在倫敦燃燒的**廣島**

13 **坩堝：**溶解金屬、玻璃或其他物質的器皿，能耐高溫。

在紐約爆發的**廣島**
在莫斯科澄澈地燒灼的**廣島**
彌漫世界的無聲之舞　姿態的憤怒
我們自身已是　焚盡景觀的烈焰
宛若森林　宛若岩漿
是包覆地球的火焰　是熱
而且是將更精鍊的原子彈屠殺陰謀
扼殺的火團　是瘋狂

# 呼籲

現在還不遲
舉起你真正的力量也還不遲
如果你有那天，被燒灼視網膜的閃光貫穿的心之傷痛所帶來
無法止盡的淚水
如果你至今仍有從那裂縫中，滿溢滴出詛咒戰爭血膿的
廣島體臭
從大火逼近的主建築物下方

拋下伸出雙手不斷掙扎的妹妹
也不能用焦黑衣服碎片去遮掩她的下體
火紅的雙臂就垂在胸前
踩著火的赤腳踉蹌
走過太陽反射的瓦礫沙漠
徬徨地踏上了不被安慰的旅途
那個真實的你

高舉那異形的手臂
和眾多相同的手臂一起
要撐住又快墜落的

詛咒的太陽
現在開始也還不遲

厭惡戰爭卻佇立著
將所有溫柔的人們的淚腺
用你承受烙印著死亡的背部止住
將害怕而垂落的那手
用你赤紅的雙掌
緊緊握住
來吧
現在還不遲

# 總有一天

1

炙熱的瓦礫　崩塌的大樓下
遭到掩埋的道路　三方匯集
纏繞著銅線燒得焦黑的電車翻覆、彼此交疊的
廣島中心，這紙屋町廣場的一小角
沒有被清理而扔在這的　你啊，
若說聲響是連一片瓦礫都會發出碎裂之聲那般的炙熱

若說到會動的物體則是令人眼花的八月天空中
輕輕上揚的煙
另外就僅剩那深印腦海彷彿萬物皆死寂的空洞中
你　像個少女那樣彎著身體成了く字型
像隻小鳥兩手抓著大地
半趴著死去、

明明到處是受摩擦而泛紅的裸身屍體
為何只有妳穿著衣服
還穿著一隻鞋、
稍稍被燻黑的側臉龐上頭髮零亂

糜爛後也看不見血色
只有裙子風格的工作褲後面
整個被燒掉
露出圓圓的臀部
因為死亡的痛苦而擠壓出的些許糞便
乾硬後黏在上頭
沒有半個影子的正午太陽正映照、

2

妳家在宇品町
甲午戰爭、日俄戰爭以來

日本青年、總是被迫帶著槍
那因被迫分開的愛而留下的淚水與酒共眠
被迫擠在船艙裡去赴死的那廣島港邊、

充斥著下水道惡臭
髒亂的小巷深處
與喪妻後的金屬鑄造匠人父親　一起代替媽媽照顧幼小弟妹
你如長青植物般發育良好
終於長成少女
隨著戰敗跡象越來越明顯
每天晚上日本的城鎮像那綑起的稻草堆遭到焚毀

為何唯獨廣島沒有被燒
日日充滿不安與謠言的生活、
習慣居住的家被強制疏散的鋼索拉倒
在東邊街上租了小屋的一家四口、
啃著埋在洞裡的大豆
將鐵道草煮成粥、
擠在畏懼謠傳將有水攻的大人中
搶奪著一家穿的竹筒[14]救命器具
在空襲的夜晚裡牽著手逃跑
被固守橋墩的自警團推倒
來往奔波的生活裡、

拚命地救助神經疼痛的爸爸，守護幼小弟妹
遠離失控戰爭之力
的少女的那隻手、和那副身軀、

3

接著越來越靠近的八月六日、
你並不知道、
日本的軍隊缺乏武器身處南方島嶼和密林裡
因為飢餓和生病而四散

14 **竹筒**：竹筒可作遭受水攻時用的避難救命器具使用。

失去石油補給的船艦躲在島嶼另一端不能動彈
國民全員遭到無止盡的戰火攻擊
法西斯主義者連如何停戰的方法都不知道、

你並不知道、
攻破納粹的蘇維埃力量
拿著日蘇互不侵犯條約不再延期的通知
堵在日本帝國前面時
看在全世界眼裡
日本的投降顯然只是時間問題

你並不知道、
由於萬字旗彎曲
柏林早已換上赤旗
定在三個月後的蘇維埃參戰日
讓歷史的天空激烈晃蕩

（原子彈投下愈顯迫切
在感到那天來臨前須親手摧毀日本的
黑暗醜陋的意志下
那投下的決定愈顯迫切
七月十六日、從在新墨西哥州的實驗

到蘇維埃參戰之日前

時間僅剩不多！）

4

前一晚　五日深夜、說要燒毀廣島的

從天空撒下的確切謠言

因而逃到四周山上或西瓜田渡過一夜的市民

被持續鳴叫的警報威脅

迎來平安無事的天明感到心安後返回家

城鎮上道路上充斥著預計前往不帶希望的今日工作的人群

那個早上　八月六日、那個時間

你送爸爸到工廠
幫剛進中學的弟弟裝好便當
那之後將小妹妹
如同平日送到離市中心有些距離的親戚家去玩
鎖上搖晃的家門
往自己被動員的職場
今天也會因工作不上手而挨罵、
你一語不發加快腳步走到半路
感覺到什麼而趴下的時候

閃光從正後方襲擊你
煙塵散落你恢復意識後
仍想趕到工廠
穿過逃難人群來到此處後倒下
對狀況的種種判斷也堆疊於心中
就那樣閉上眼睛

少女的念頭中
那個時候哪能確認什麼
那拚命的腦海裡、哪能預知到原子爆彈
那隻手像一邊憧憬未來一邊墜落的小鳥般

扭曲著手腕就這樣攤在地上
那膝蓋
彷彿訴說著跌倒在這樣的地方、感到很羞恥似地
緊緊縮在一塊
只有綁成辮子的頭髮
在柏油地上亂成一團、
懂事以來就在戰爭中成長
一路認分壓抑而來的希望之虹也被燃燒殆盡
低調活著、工作著幾乎不被人知的
那麼溫柔的存在
以地球上最殘酷的方式

此時此地　被殺掉、

（啊那絕非偶然、也並非天災
世界最初的原子爆彈將由正確無比的計畫
與貪得無饜的野心意志
挑選那日本列島上的　廣島、長崎投放
隨即消逝而去的四十萬手足之一
你　即將死去、）

你那個時候是否想起
年幼時水溝旁的向日葵

母親一年一次穿起和服那半襟的香氣
戰爭情勢嚴峻下妹妹的撒嬌
倉庫角落裡和朋友擦上又抹去的口紅
想穿的花裙
然後是否還想像得到有一天
這令人懷念的廣島、通往廣場的道路不久拓寬
被命名為麥克阿瑟道路
賣身給美國兵的日本女人絲巾
飄舞在空中纏繞在大道柳樹上、
而且你大概也嘆息著
即使不投放原子爆彈

戰爭遲早也會結束啊、

不不哪能料想得到這些呢
甚至有連倖存的人
都無法理解的意義、
原爆二號被投到長崎
是蘇維埃軍朝著滿洲國境南下
逐漸越境的那個清晨
數年後想要使用原爆三號時
被當作目標的終究
還是黃種人的頭上、

5

啊那絕非偶然、也並非天災
人類最初的原子爆彈
將由精密計畫與貪得無饜的野心意志
在東洋列島、日本民族上方
閃光一道投下
瞬間消逝的四十萬犧牲者之一
你被殺掉、
你被殺掉的身軀
沒有任何人想抱起
也沒有東西能幫妳遮蔽燒去褲裙的羞恥

當然也沒有東西能擦去在那上頭的苦悶刻印
為了刻苦耐勞生活中的奮鬥
縱然使盡力氣
經常也只能帶著勉強的微笑活下來
漸漸將體貼藏在心頭
處於最容易感到羞恥年紀的妳
柔軟的屁股裸露在太陽底下
乾硬糞便的污漬
尋找屍體經過的人影
也只是面無表情地看著走過、

那是殘酷
那是苦惱
那是悲痛
不不如問
該拿這屈辱如何是好？
你已經不再感到羞恥
但印入眼簾的事物伴隨時間越顯清晰
滲入心頭的屈辱、
那已與你無關
是烙印在全體日本人的屈辱！

6

我們必須忍耐這樣的屈辱、
必須永遠忍耐、
大雪在吉普車輾過的孩童上紛飛的夜晚也得忍耐
對於外國製的鐵甲與手槍得忍耐
日本青春熱血昂揚的五月裡也得忍耐
自由被套上枷鎖
在這國家無限期隸屬於他人的歲月中也得忍耐
但是你呀、倘若我們再也無法忍耐時該如何是好
縱然你用那像小鳥一般展開的手

想從死的彼端給予安慰
無論再如何想用那容易感到羞怯的胸口溫柔地給予安撫
烙印於我們心底的妳的屍體所承受的屈辱
如地熱一般層層積累
受迫於充滿野心醜陋意志的威嚇
即將再次被捲入戰爭的民眾的
那母親孩子妹妹再也無法承受的力量
化為期待和平的民族憤怒
爆發的時刻即將來到。

就在那天

你的身體將得到遮蔽不再羞怯
這份屈辱將以國民的眼淚洗淨
積累在地上的原爆詛咒
才能開始逐漸散去吧
啊那一天
總有一天

# 希冀——觀「原爆之圖」有感——

讓自己站在這異形前面
就讓自己的步伐暴露在這酷烈場景前

一頁又一頁逼近而來的聲音比黑暗還深沉
這幅畫到下幅畫滿溢的淚水不曾乾過且沉重
我彷彿在內容中親眼見到
逃難而去的親近之人和深愛之人逝去的臉龐

裸體群眾的無數苦痛
纏繞於心頭的戰慄中
橫躺於火焰彼端目不轉睛地凝視著我的
無疑是我自身的雙眼！

啊　讓彎曲的腳伸直
覆蓋住赤裸的腰
想將緊握的染血手指一根根鬆開的這顆心
誰能阻擋

在即將毀滅的日本上空作為對下一場戰爭的嚇阻

放射出原爆之光
對於瞬間剝奪二十餘萬國民性命的事實
誰能壓抑從深處甦醒的憤怒

在這幅圖前以自己的步伐起誓
在這段歷史面前絕不讓未來懊悔

# 跋

一九四五年八月六日清晨，我正準備從距離原爆點三公里有餘的自家出發前往廣島市中心時，遭遇原子彈爆炸。我只受到碎玻璃造成的創傷和幾個月的原爆後遺症而生存下來，但當時身處廣島市中心半徑約兩公里內的人們，待在室內的，死於衝擊或遭活埋後燒死；待在街上的，被澈底毀滅、燒焦而亡或受到嚴重燒傷逃命後，約一週左右便死去；身處半徑兩公里外這一帶區間的人們，往後幾個月內死於嚴重燒傷和原爆後遺症；身處更遠的人們，勉強生存下來，住在廣島市週邊村鎮的各個家庭，有家人參加「鄰組」[15]去收拾「家屋疏開」[16]，就連屍骨都沒能回家。而從幾天前，某城市遭空襲時所撒下來的傳單上，寫著廣島將在五日晚上被燃燒殆盡的傳言，以及中學生和女子學校的低年級學生因此被動員前往廣島協助避難，讓這樁慘事更顯悲痛。

現在所有人都知道廣島有二十餘萬的人被一發原子彈所殺。長崎也是。然而那只不過是個概略性的事實，若正視該事件影響的範圍，就會發現再多人如何痛哭也沒有止盡吧？

15 **鄰組**：二次世界大戰中的一種鄰里組織，以十戶作為一個單位，自發性地配合戰時體制各種政府宣傳運作，並且在食糧等生活必需品的配給、空襲避難或防火等工作上相互協助。

16 **家屋疏開**：戰時為了避免空襲後在城市內延燒造成重大傷害，事先將工廠與重要設施周遭的家宅撤離，或是密集住宅區先做防火空地隔開。

而我們尚未真切感知到，就連當時身處事件中心的我們，都沒辦法透過身體理解這樁慘劇的全貌，時至今日，由於時間的間隔和社會環境的轉變，或許也只能以回憶的方式去追溯。

但這個回憶不僅帶著悲嘆和無奈的色彩，也在這浮動的日常生活中讓倖存者肩上的重擔更添新的血淚，而原爆極度殘暴的經驗所帶來的恐怖，以及戰爭的意義被這種恐怖徹底改變的事實，對這個事實的不安與洞察，讓乾涸的淚水、凝結的血液，成為一種特殊的深沉之物，在皮膚底下隱隱地刺著。

逝去人們的八週年忌日也即將到來。到了差不多該舉辦法事的時候，廣島的許多家庭，考慮到寺廟無法一次把所有人的法事辦完，而提前或延後。究竟有誰能知曉，坐在法會裡的人們的內心深處依舊壓抑著什麼樣的悲痛？那些肯定是從未被言說的話語、從未流過的淚，因此愈加深埋心底，與此同時，在往後的歷史當中，不管對此是否懷抱意識，都將在現今不斷採取新的形式，人類的善意作為基礎，帶著理性且強大的擴充性質，對這個事件的意義，緩緩持續施以深遠宏大的影響力。

我試著整理這份稿子。身為詩的創作者，這六年來對這項工作的怠慢，應該傳達這個事件的真實感受、讓所有人的內心對這個事實的真實樣貌產生共鳴，使這個事件在歷史進程上，謂個人、民族、祖國、人類而言，不單只是從過去到未來的記憶，而是具有意義和重量，在這點上，這本詩集太過貧乏而力有未逮，我對此感到羞愧。

然而這是我，不，是來自廣島的我們，給全世界的人們、給那些在人群當中，無論什麼情況下都靜靜地閃爍著與生俱來的雙眼，給那些身為人類、因對自己與他人的同理心，而不自覺地伸出的溫柔的手，所能夠獻上的最大贈禮。還請收下這份心意。

另外想附加說明的是：我只是以詩來訴求對和平的願望，而這個身為人的基本自由都彷彿不得不被剝奪的時代，是如何反其道而行。我因為這一類的文學活動，被扼殺了幾乎所有謀生機會，這不在話下，有形無形的壓迫更無止盡地襲來，且力道不斷加大。這無疑是日本政治現狀無視人民的意向，並再次朝戰爭持續邁進的明證。

我想再次聲明：持續對我施加壓迫的人們，正是對全人類採取敵對行動的人。

這本詩集，既是給愛全人類的人們的贈禮，同時也是給那些對全人類採取敵對行動的人的警告之書。

1952.5.10
峠三吉

# 編輯室報告

哪能忘得掉那道閃光
街頭三萬瞬間消失
在被壓碎的黑暗深淵裡
五萬悲鳴止息

在峠三吉筆下，遭原子彈攻擊的廣島宛如人間煉獄，前一刻還是可愛的女學生，下一個瞬間已經失去皮膚、燒焦頭髮，變得不像一個人；傷重的男人在婦產科的殘骸裡搜尋剛誕下新生兒的妻子；年邁的母親在沒有影子的廣島不斷找尋一去不回的兒子媳婦和孫子……每一幕，都叫人傷痛。

美軍當初之所以選擇對廣島與長崎投下原子彈，是出於對日本人頑強的民族性格的憂慮，他們評估戰事將因日本人「寧死不降」的民族性而拉長數年。然而他們對日本民族性的理解，其實十分片面。儘管人類學家露絲．潘乃德（Ruth Benedict）於一九四四年臨危受命，研究日本民族性，但在兩國開戰的情形下，潘乃德無法實際到日本進行田野調查，只能從文獻資料與日本電影中尋找蛛絲馬跡，並採訪居住在美國的日本人以獲取第一手資料。在這種情況下，潘乃德的研究十分受限，也有誤現日本民族性的疑慮。是而雖然她日後將這些研究集結成書，出版《菊與刀》（The Chrysanthemum and The Sword），成為了解日本的重要參考資料，但這本書至今仍有許多爭議待討論。

人類學家為戰爭或殖民「服務」，這不是第一次，也不是最後一次。即便出發點是為了提早結束戰事、減少傷亡，仍有倫理問題需要面對。人類學的研究方法必須與研究對象建立深度關係，研究成果也被期待對田野當地有所助益，當然也有保護研究對象的責任與義務。但在戰爭與殖民脈絡裡的人類學研究，卻是為「政府」服務，將自己研究對象的「弱點」展現在政府面前，以幫助政府獲取勝利或統治權的穩固。這當然是殖民與戰爭背景下的不得不為，日後也在不斷反思的過程中有許多討論與改變。其實，在「權力不對等」的情況下，人類學家的研究成果也是有待商榷的。在報導人與人類學家無法建立信任的前提下，人類學家又怎麼可能獲致真正深層的文化脈絡呢？

關於戰爭，人類學家主要有兩種解釋：一是資源爭奪說，一是文明衝突論。杭亭頓（Samuel P. Huntington）在一九九三年所提出的「文明衝突論」[17]至今仍可以被用來解釋各種大小衝突，但當「文化差異」順理成章被當作衝突原因，這樣的解釋會不會太過於簡化了呢？細究所有戰爭的歷史背景，都是由交錯糾結的各種原因所促成，文化差異或許是導火線，資源爭奪或許是主因，但都不足以作為一個直接論斷的答案。

17 **文明衝突論**：杭亭頓一九九三年在《外交事務》（Foreign Affairs）上發表一篇文章，首次提出「文明衝突論」，並於一九九六年發展成《文明的衝突與世界秩序的重建》（The Clash of Civilizations and the Remaking of World Order）一書。

只有一點是可以斬釘截鐵保證的：當人們可以真正的尊重、同理他人，衝突的機率必然能大為降低。

所謂的尊重是在圈內人（insider）與圈外人（outsider）的界線當中保有相當的彈性，能理解並接受他者與自己的差異，能真正將他者當作一個獨立的個體、是與自己平等的存在。唯有能完全接受每一個獨立個體生存於世的面貌，不過度詮釋他者，不為其貼標籤，並體認自己沒有權力決定他者的命運，才有可能避免小至人際大至國際的戰事發生。

希望有一天，我們能將峠三吉失去的和平，還給他！

導讀

# 現實惡臭土壤中所綻放的「非現實」花朵

文／翁稷安（暨南國際大學歷史系助理教授）

一九四五年八月六日，日本時間上午八時十五分，一枚代號小男孩（Little Boy）的原子彈，從三萬多英尺的高空投向廣島，巨大的能量瞬間摧毀整座城市。三天後，另一枚名為胖子（Fat Man）的原子彈在長崎引爆，將另一座城市也變成煉獄。六天後的八月十五日，日本政府宣布無條件投降，於史冊上二次世界大戰正式宣布結束。但戰火從未真正止息，這一前一後於日本列島上怒放的兩朵蕈狀雲，看似替戰爭畫上生硬的句點，但只是暫時遮掩衝突，美蘇兩大強權以另一種形式開啟了新的對立，原爆既是終點也是起點，時代在這樣充滿張力的轉折中被澈底改變，世界再也無法回到那枚原子彈爆炸前的模樣。

原爆為何發生？從二次大戰交戰的角度，當一九四五年五月德國投降後，如何處理亞洲戰場的最後敵人日本，成為同盟國最大的挑戰。現存的各種資料都顯示，對日本投擲剛研發成功、擁有巨大殺傷力的原子彈，一直是美國高層的既定戰略，即便日本各方面看來都已是強弩之末，但硫礦島日軍頑強的抵抗，讓美軍對於登陸日本本土作戰的代價和可行性，進行重新的估算，原子彈便成為近身肉搏之外，能令日方快速屈服、瓦解的解決之道。倘若將主導亞洲的另一強權——蘇聯——一併考慮，情況更形複雜。蘇聯和日本於一九四一年簽訂了《日蘇中立條約》，以隔岸觀虎鬥的姿態，折衝遊走於美日之間，找尋最有利的位置，美蘇雙方表面上雖為盟友，但彼此皆已認清對方是未來最強勁的敵手。原子彈除了能打擊日本，也避免讓蘇聯坐收漁翁之利，並使美方在下一階段的對抗中，取得先機。廣島和長崎的原爆，在錯綜複雜的算計背後，思索的不單是戰爭的結束，而是如何為下一場戰爭進行預備，原子彈巨大的破壞力，本質上並未帶來和平，僅提供了短暫的休止符。

關鍵或許在於，原爆的根本構成和性格，是人類凶殘的極致結晶，從兩次世界大戰開始，戰爭的殺戮逐漸升溫，戰爭的樣態與形貌在短短數十年的時間裡快速升級，一波又一波積累的殘暴，在範圍和程度上，將戰場的廝殺推到前所未有的境界，在全面動員的對抗中，快速而澈底地摧毀對方成為作戰的主軸，挑戰著各種法律或道德的規範。到了二次大戰末期，交戰的雙方都已經遊走在合法、非法交界的灰色地帶，道德的框架逐漸瓦解，原子彈及其後輻射線無差別、持久的殺戮，在某種意義上，可以被視為整個發展的最高潮。

原爆開啟了以人性醜惡所構築而成的地獄之門，改變了人類的文明，說明了從此以後，人類可以為了虛妄的爭奪，不惜摧毀世界，宣示我們將會是自身文明與物種的最終死神。

原子彈所綻發的巨大能量，以不同的方式吸引著人們，雖然代價可能是全體的滅絕，人們還是無法放下。核能武器在日本的展演，證實了它是當今最有效的武器，就算不發射，單純擁有這樣大規模毀滅性武器在手，也能擠入強權之林，具有主宰世界的權力。在這樣邪惡的誘惑下，冷戰的對立邏輯於焉成立，核能武器持續演化，一朵又一朵的蕈狀雲，以試爆的形式在地球上人煙罕至的角落反覆升起，在核武的庇蔭下，各國大舉投入軍備競賽，軍事工業積極發展，成為美國前總統艾森豪在卸任演說中所警告的，操弄世界秩序的「軍事工業複合體」(Military-Industrial Complex)，也許冷戰對峙在一定程度上已告消散，但其幽靈仍遊蕩於人間，核武依舊是列強不肯放手、彼此叫囂恫嚇的手段，推本溯源，仍是原爆衝擊的餘波殘留，左右著我們所處的世界。

原子彈所揭示的新能量，也以另一種看似溫和的方式誘惑著人們，原子彈的研發成功，宣告著原子能時代的來臨，無限制的能量生成，帶領著人們突破發展的極限，走入了文明的下一階段。一九五三年底，當艾森豪在聯合國大會演說「原子能的和平用途」（Atoms for Peace）之後，一座又一座的核電廠興建完成，至一九七〇年代達到了最高峰。人們似乎能成功駕馭這頭龐然巨獸，讓核能不再是摧毀萬物的死神，而是孕育萬物生長的豐饒女神。不可諱言，核能是推動二十世紀人類社會、經濟繁盛不可或缺的功臣，但真的萬無一失嗎？一九七九年發生的美國賓州三哩島事故、一九八六年蘇聯的車諾比核電廠，以及令人記憶猶新二〇一一年三月十一日的福島第一核電廠事故，說明了人類控制這股能量的極限與風險。以譬喻形容，核武的發展，如果是立即致命的毒藥，那麼核能則是包裝精美的毒品；對前者，發生在日本的原爆是直接的預演；對後者，那廣島和長崎的廢墟則是一則隱晦的預言。

要能真正從原爆的陰影中走出，需要的是人們不斷地自省與反思，了解到在那強大不可撼動的力量前，人類如何渺小，保持著警醒和謙卑，不要被人心底層的黑暗所蠱惑，並接受人作為自然界一分子的責任和限度。

要能保有這樣高度的自覺，光依靠理性的分析和說理是不夠的，出於情感層次的感同身受（empathy）或許更能發揮持久而深遠的力量，特別是那些源自於親歷者的倖存記憶。類似的作品不少，原爆文學成為日本文學中獨有的文類，峠三吉的《原爆詩集》絕對是其中的代表，作為原爆倖存者，他以詩的精鍊文字記錄了原爆後的煉獄，看似淺白的詩句，字字沉重，也字字令人心痛。在為末日留下見證的同時，那些不忍卒讀的字句背後，潛藏著更深沉的批判，以鮮血和生命指控著那掀起戰火的欲望和殘暴，希望能以這些犧牲者，喚起世人的反省，讓地獄不再於人間重演。

從前面的歷史回顧，離峠的期盼似乎還很遙遠，即便在理應最有所感的日本，極端的右翼分子三不五時仍挑戰著對和平的期待，位於廣島刻有「安らかに眠って下さい　過ちは　繰返しませぬから」（請安息吧，戰爭錯誤不再重演！）的原爆死沒者慰靈碑竟曾遭人破壞。原爆終究只是戰爭表面的休止，背後的各種算計和對峙，無法讓反省有生根立足的空間。不單只是戰爭責任歸屬的問題，而是原爆所代表和衍生而成，那「不惜一切」的思維方式，唯有將問題拉到這樣普遍層次的高度，才能解決歷史留下的殘局，以及抗拒原子能所帶來的各種誘惑。這樣的期盼或許不切實際，如同峠對和平的祈求一樣，人性醜惡的一面，必然會在這世界反覆上演。但如同村上春樹在福島核電廠事故後的演講中所提及，這世上需要「非現實的夢想家」式的堅持，才能在精神或物質層面上，帶來改變的契機。

原爆是人類歷史進程中，最「現實」的一頁，那麼在這本詩集裡，寫下的則是現實惡臭土壤中所綻放的「非現實」花朵，是直訴於人性美好面的夢想和渴求，要實現可能有困難，但唯有不向現實屈服、妥協，我們才有機會迎來明日的光明。也唯有秉持著這份警醒，在這軍頭和極端者又開始逐漸橫行的今日，峠所描繪的過去，才不會是你我的未來。

賞析

# 我居住在爆炸裡

文／沈眠（詩人）

荷塔．慕勒（Herta Müller）《風中綠李》的第一頁是這麼寫的：「若我們沉默不語，我們的心裡會覺得不舒服，愛德嘉說，若我們說話，我們會變得可笑。……我們用口裡的話語就像用草叢裡的雙腳一樣會蹂躪許多東西。但是用沉默亦如是。……我至今仍無法想像一座墳墓的樣子。只能想像一條皮帶、一扇窗戶、一顆肉瘤和一根繩子。每一個死亡對我而言都像一只袋子。」

苦難。災害。形形色色的，巨大的暴力與傷害。人生被莫名帶進重大創傷乃至致命的場所。一切無可救贖地壞滅焚燬了。回憶死亡，回憶末日現場，於是人心就是蹂躪，蹂躪自身，也被那些消逝了但永遠存在的事物繼續折磨損耗。每一只死亡的袋子都無法輕易被釋放。而那麼多人將走過煉獄的見識用各種方法記錄下來。有些充滿力量與細節，教人難忍（如慕勒的小說），但有更多只是裝腔作勢故弄玄虛，看起來就像可疑的模擬。而真實的哀傷在哪裡呢？

我總有一種奇怪的焦慮，特別是在島國詩人們接踵接力也似的（實在是太多的死太多的悲慘時時刻刻在發生了）寫著一首首大聲疾呼但往往面目模糊流於情緒的哀詩悼歌之際——除了少數如零雨、隱匿或香港的曹疏影般深情真誠的詩人寫的以外——我經常是懷疑的，那些苦惱悲痛是真切如此的嗎？總感覺他們的所思所感是表面平面的，是即時的當時的宣洩，而缺乏深沉的情感、痛厲的反省。當下急於說出口的，能有足夠的可信度？

讀見峠三吉《原爆詩集》，我也就更明白了：沒有真的與己身密切相干、想像中的痛苦，跟身歷其境的痛苦畢竟是有差距。對就在現場見證原子彈落在廣島的峠三吉來說，所有的痛苦都跟想像無關，那是活生生的死亡，那是血淋淋的斷肢殘骸的焦黑的屎尿失禁的歪斜的生命景觀，沒有一點虛假，沒有一點添料偽作的必要。親人的死，少女的死，大量隨處可見的屍體。細節，細節，更多讓人直墮地獄的細節。尤其是寫著乾涸的屎沾黏在少女屍體裸露的屁股、青脹的肚腹、想要喝水的微弱呢喃……

峠三吉就在那兒，他沒有在別的地方，他在廣島目擊毀滅是如何到來。所以有〈死〉：「在火花迸裂的黑暗裡／孩子的金色眼睛／燃燒的身體／燒灼的喉嚨／猛然折斷的／手臂／凹陷／肩／喔喔　再也／無法前進／在黑暗孤獨的深淵裡」、〈火焰〉：「1945, Aug. 6／白天裡的深夜／人類對神施加／確實的火刑。／這一夜／廣島的火光／映照在人類的床上／歷史旋即／伏擊／所有近似神的一切」、〈火焰的季節〉：「我們／**廣島族**的視網膜中／從未消失的／那個清晨的／降落傘／輕巧柔軟地／在雲的影子裡／玩耍。」……

美國詩人艾蜜莉・狄金生（Emily Dickinson）有一首〈J#657〉寫到「我居住在可能裡——」，這個可能就像屋宇，當然是優美的那一種。我想呢，對峠三吉而言，會更像是我居住在爆炸裡，而爆炸也是屋宇，是一充滿囚禁、充滿幾十萬亡靈受困的大廈，極其醜陋血腥恐怖，是的，一棟巨大墓碑似的高樓。峠三吉或者終其一生都定立於爆炸裡，無從逃遁。那樣的夢魘成真，那樣的焚毀之日，那樣的不可逆轉。爆炸恐怕不只是外在的世界的核爆，更是內在（記憶）的原爆重播。那一天，那個時刻，反覆地被迫折返到永不變動的滅絕現場。

喬賽．薩拉馬戈（José Saramago）的《盲目》寫：「……當全世界的人都瞎了而我還看得見是什麼感覺，我不是女王，我不是，我只是個生來就要目睹這些恐怖事件的人，你們只能感覺這些恐怖，我不但能感覺，還能看見……」

峠三吉寫《原爆詩集》，不為自己的詩歌成就，不為證明全世界都瞎了，他不過是一個目睹恐怖事件的人，而不得不寫，不得不對抗假裝或湮滅核爆傷壞的人。他拒絕遺忘、同化。面對政治的壓迫，他寧可留在這一邊。充滿死者、傷者與悲痛親屬的這一邊。他持續居住在毀滅裡，企圖透過詩歌，留住原來的真實。殘暴凶惡的現實，好讓後來的人思索並且維持警惕。

好萊塢英雄電影動不動就愛拍各種爆炸，以及恐怖大王一樣的炸彈危機如何被解除，通常最後都是引爆到海底或天上，對此我常常有種說不上來的疑惑——所以核彈就只是一次華麗的爆炸？那些放射性物質與輻射會自動消失？它們不會對環境、生物和人體產生任何影響或後遺症？核爆在文學領域也有不少人一再提及，藉之轉化為強烈的意象操作，彷彿它只是一次最大的但也最簡單的爆炸，罔顧它全然是無分別的大屠殺。它很接近非常單純的邪惡。單純到了讓人不再願意想像其中醞釀著無數死滅的事實，只被碩大華亂的假象迷惑。

閱讀《原爆詩集》的確使人從今往後再也無法輕率地使用核爆這個詞語與意象。它所承載的死前生活令我無所適從。也許，沉默與話語（包含書寫）確實都是蹂躪的工具，當你漫不經心，當你任由無聲靜默吞食掉始終無解的全面壞毀，當你不夠謹慎地對待某些語詞後面的龐大傷害史，人很容易不知不覺中進入殘酷的位置，變得可鄙可恥。

峠三吉的〈序〉直寫：「把我還來　把那些與我有關的／

人還來／只要還有人　還有人的世間／把不會崩壞的和平／把和平還來」還有〈希冀—觀「原爆之圖」有感—〉：「橫躺於火焰彼端目不轉睛地凝視著我的／無疑是我自身的雙眼！」以及，最教我動容的〈景觀〉：「我們總是棲息於火焰的景觀之中／這火焰不曾消逝／這火焰不曾熄滅／而且　誰又能說我們已不是火焰」，他素樸的語言，直視城市的死絕，深情不忍的回望，皆是作為一個人、一名倖存者最為深刻的感覺與面對，並依然試圖擁抱堅定而明亮的意念。

而無疑的，《原爆詩集》是一本必須保持神知鬼覺、高度注意的詩集，關於和平與戰爭、救贖和災劫、守護及毀滅，而一切都必須先從不能遺忘開始，如峠三吉在〈八月六日〉所寫：「怎麼能忘得掉!?」

是啊，人怎麼能輕快輕忽地忘掉那樣龐然無可挽救的歷史性錯誤呢！

言寺84

# 原爆詩集（2023年全新譯本）

作者 峠三吉
翻譯 劉怡臻、馮啓斌
監譯 李文茹
總編輯 陳夏民
編輯 劉芷妤、張彤華
封面設計 小子
內文排版 林峰毅

出版 逗點文創結社
地址 桃園市330中央街11巷4－1號
網站 www.commabooks.com.tw
電話 03－3359366

製版 軒承彩色印刷製版有限公司
印刷 通南彩色印刷有限公司
裝訂 智盛裝訂股份有限公司
倉儲 方言文化出版集團

總經銷 知己圖書股份有限公司
台北公司 台北市106大安區辛亥路一段30號9樓
電話 02－23672044
傳真 02－23635741
台中公司 台中市407工業區30路1號
電話 04－23595819
傳真 04－23595493

ISBN 9786269548699

初版 2023年4月
定價 新台幣380元



**國家圖書館出版品預行編目(CIP)資料**

原爆詩集/
峠三吉著；劉怡臻，馮啓斌譯. -- 初版. --
桃園市：逗點文創結社，2023.04
232面；10.5×14.5公分. --（言寺；84）
ISBN 978-626-95486-9-9(平裝)　880.53　111009326

本書內容前半部自〈推薦序〉至〈影子〉為馮啓斌所譯，後半部自〈朋友〉至〈跋〉為劉怡臻所譯。

## ☞ 黃衣國王

### 羅伯特·錢伯斯 著　楊芩雯 譯

據傳有一部名喚《黃衣國王》的劇本，華美字句間棲息著純粹的惡，因為邪門的原因在歐陸持續遭禁，反而流竄得更加猖獗。凡翻閱者都將收到一只黃色符咒，並且看見死靈現身。屆時，死靈將齊聲召喚黃衣國王降臨，將微不足道的人類世界蒙上一片漆黑、無以名狀的宇宙恐怖。

## ☞ 老爸的笑聲

### 卡洛斯·卜婁杉 著　陳夏民 譯

就算政府不可靠，老天不幫忙，我老爸一樣是打不死的蟑螂！——全宇宙最兩光的老爸，在台灣隆重登場！這一次，讓我們主動認識有點疏遠的厝邊鄰居：菲律賓。第一位在《紐約客》雜誌長期刊登文章的菲律賓作家卜婁杉，為你帶來讓《紐約客》編輯、讀者又哭又笑的農村物語。

## ☞ 御伽草紙

### 太宰治 著　湯家寧 譯

在無賴派大師太宰治的詮釋下，耳熟能詳的〈浦島太郎〉、〈肉瘤公公〉、〈狸貓與兔子〉以及〈舌切雀〉等日本經典童話故事，角色們都增添了一層囉唆煩人、惹人發笑的幽默色彩，也更加真實。看著活靈活現的動物與人類輪番上演人生悲喜，讀者總在歡笑之餘，感受到一股純粹哀傷的耽溺之美。

# 閱讀小說，沒有句點

## ☞ 世界就是這樣結束的

### 內佛·舒特 著　陳婉容 譯

第三次世界大戰爆發後，核能武器在短短一個月摧毀了世界，北半球歸於沉寂，而輻射塵死神一般飄向南方的澳洲……流落至澳洲的美國艦長杜威特遇到了熱情聰慧的莫依拉；笑看餘生而縱情享樂的女子、失去家國與妻小的孤獨硬漢，彼此袒露脆弱的心境，擦出哀艷無聲的火花。

## ☞ 星之彩：洛夫克拉夫特天外短篇集

### H.P.洛夫克拉夫特 著　唐澄暐 譯

《星之彩》或許是克蘇魯神話體系之中，最能描述無形宇宙恐怖的篇章——一枚神祕隕石墜落在阿克罕近郊農村，幾天內便消失無蹤。不久，周遭農作物長成肥碩、苦澀、閃耀著陌生色澤之巨物，馬匹、家犬陸續失控暴走，也讓最靠近隕石墜落點的賈德納一家，遭遇前所未有的恐怖事件……

## ☞ 美麗新世界

### 阿道斯·赫胥黎 著　唐澄暐 譯

西方科幻三大反烏托邦小說之一。赫胥黎筆下的二十六世紀，人們以瓶子生產出來，並透過各種方式對自身階級產生依賴，終其一生不想改變自己的社經地位；守貞、守財的觀念不復存在，用藥合法化也讓社會更加安定……但這真是烏托邦嗎？一本指向未來，卻點出人類文明發展困頓的科幻經典。